Nota para los padres y encargados:

Los libros de *Read-it!* Readers son para niños que se inician en el maravilloso camino de la lectura. Estos hermosos libros fomentan la adquisición de destrezas de lectura y el amor a los libros.

El NIVEL MORADO presenta temas y objetos básicos con palabras de alta frecuencia y patrones de lenguaje sencillos.

El NIVEL ROJO presenta temas conocidos con palabras comunes y oraciones de patrones repetitivos.

El NIVEL AZUL presenta nuevas ideas con un vocabulario más amplio y una estructura gramatical más variada.

El NIVEL AMARILLO presenta ideas más elevadas, un vocabulario extenso y una amplia variedad en la estructura de las oraciones.

El NIVEL VERDE presenta ideas más complejas, un vocabulario más variado y estructuras del lenguaje más extensas.

El NIVEL ANARANJADO presenta una amplia de ideas y conceptos con vocabulario más elevado y estructuras gramaticales complejas.

Al leerle un libro a su pequeño, hágalo con calma y pause a menudo para hablar acerca de las ilustraciones. Pídale que pase las páginas y que señale los dibujos y las palabras conocidas. No olvide volverle a leer los cuentos o las partes de los cuentos que más le gusten.

No hay una forma correcta o incorrecta de compartir un libro con los niños. Saque el tiempo para leer con su niña o niño y transmítale así el legado de la lectura.

Adria F. Klein, Ph.D.
Profesora emérita, California State University
San Bernardino, California

Translation and page production: Spanish Educational Publishing, Ltd.
Spanish project management: Jennifer Gillis/Haw River Editorial

First Spanish language edition published in 2007
First American edition published in 2003
Picture Window Books
5115 Excelsior Boulevard
Suite 232
Minneapolis, MN 55416
1-877-845-8392
www.picturewindowbooks.com

First published in Great Britain by Franklin Watts, 96 Leonard Street, London, EC2A 4XD

Printed in the United States of America.

Library of Congress Cataloging-in-Publication Data

Nash, Margaret, 1939-
[Best snowman. Spanish]
El mejor muñeco de nieve / por Margaret Nash ; ilustrado por Jörg Saupe ; traducción, Clara Lozano.
p. cm. — (Read-it! readers en español)
Summary: When Rene builds a different snowman for each of his neighbors, Mr. Prado thinks that his teeny-weeny snowman is the best.
ISBN-13: 978-1-4048-2670-0 (hardcover)
ISBN-10: 1-4048-2670-X (hardcover)
[1. Snowmen—Fiction. 2. Spanish language materials.] I. Saupe, Jörg, ill. II. Lozano, Clara. III. Title. IV. Series.

PZ73.N322 2006
[E]—dc22 2006005114

Read-it! Readers
Nivel Rojo

El mejor muñeco de nieve

por Margaret Nash
ilustrado por Jörg Saupe
Traducción: Clara Lozano

Asesoras de lectura:
Adria F. Klein, Ph.D.
Profesora emérita, California State University
San Bernardino, California

Ruth Thomas
Durham Public Schools
Durham, North Carolina

R. Ernice Bookout
Durham Public Schools
Durham, North Carolina

René nunca había visto la nieve.

Un día muy frío nevó.

René hizo un muñeco de nieve gordo como un barril.

Luego le puso una cazuela
en la cabeza.

—¡Qué chistoso es! —dijo su vecino, el Sr. Pérez.

—¿Puedes hacer uno para mí?

—¡Y para mí! —dijo la Sra. Paz.

—¡Y para nosotros! —dijeron la Srta. Ling y el Sr. Prado.

—Está bien —dijo René.

—Haré muñecos de nieve para todos.

—Uno como el tuyo, por favor
—dijo el Sr. Pérez.

—¡Gordo como un barril!

El muñeco de nieve tenía una forma muy cómica.

Pero al Sr. Pérez le gustó.

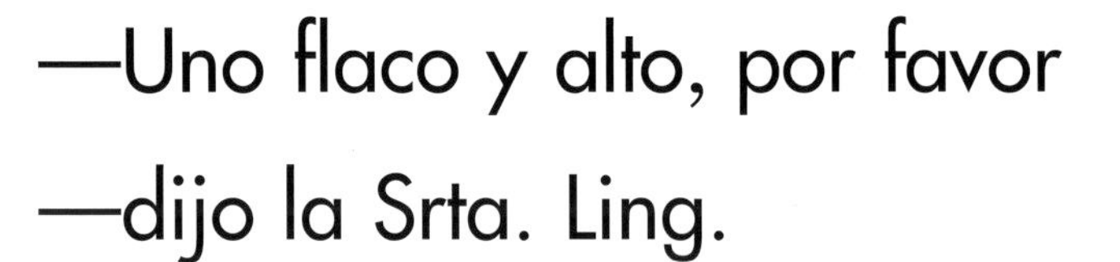

—Uno flaco y alto, por favor
—dijo la Srta. Ling.

El muñeco de nieve era alto y flaco y no podía pararse solo. Pero a la Srta. Ling le gustó.

—Quisiera una muñeca de nieve,
por favor —dijo la Sra. Paz.

El sombrero era muy grande para la muñeca de nieve. Pero a la Sra. Paz le gustó.

René fue a la última casa.

—Un muñeco de nieve chiquitito, por favor —dijo el Sr. Prado.

—Son los mejores.

René hizo uno del tamaño de una bola de nieve.

—¿Por qué es el mejor?
—preguntó René.

El Sr. Prado tomó el muñeco
de nieve chiquitito

y lo puso en el congelador
con los chícharos congelados.

—Es el mejor muñeco de nieve porque no se derretirá —dijo el Sr. Prado.

¡Y no se derritió!

Más *Read-it!* Readers

Con ilustraciones vívidas y cuentos divertidos da gusto practicar la lectura. Busca más libros a tu nivel.

Read-it! Readers Nivel Rojo

Cleo y Leo	1-4048-2679-3
El baño	1-4048-2695-5
El papalote de Pablo	1-4048-2707-2
El perrito travieso	1-4048-2671-8
El regreso a clases	1-4048-2678-5
El susto de Félix	1-4048-2680-7
Eloísa la egoísta	1-4048-2681-5
Espantapájaros flojo	1-4048-2675-0
Guillo el gusano	1-4048-2743-9
La estrellita	1-4048-2673-4
La gran carrera de Lucas	1-4048-2674-2
Los pantalones de Pablo	1-4048-2677-7
Nino aprende a nadar	1-4048-2700-5
Tito y Tita	1-4048-2676-9
Yo me encargo	1-4048-2672-6

¿Buscas un título o un nivel específico? La lista completa de *Read-it!* Readers está en nuestro Web site: *www.picturewindowbooks.com*